일기는 숙제는 꼬!

오현기

2023년 봄

오현기 드림

나의 즐거운 육아 일기

나의 즐거운 육아 일기

오한기

위즈덤하우스

1. 주말부부

그러고 보니 자양동에서 고덕동으로 이사 온 뒤 처음으로 쓰는 소설이네. 우선 비극적인 소식 하나. 고덕동으로 이사 오기 직전 FTX가 파산했고, 전 재산을 비트코인으로 보유하고 있던 우리 가족도 덩달아 파산했다. 비트코인만 믿고 퇴사했던 진진은 한국수력원자력에 경력직으로 입사해서 경주로 떠났고, 나와 주동은 유치원 때문에 고덕에 남았다. 그래도 장점이라면 불국사를 배경으로 영상통화를 할 수 있다는 것. 단점은 잠든 주동을 가운데 두고 대화를 나눌 수 없다는 것.

그렇게 진진과 나는 주말부부가 됐다. 진진은 기브 앤드 테이크 원칙에 철저한 타입이라서 내가 본인에 비해 성과를 내지 못하는 꼴을 보지 못한다. 언젠가 대출받을 때 필요하다며 근로소득원천징수영수증을 보내달라기에 메신저로 전송했더니 혀를 끌끌 차는 이모티콘이 돌아왔다. 나는 멋쩍어서 이럴 줄 몰랐냐고 대체 왜 나랑 결혼한 거냐고 물었다.

이상하게 자기한테만 관대해지더라고.

진진이 말했다. 관대해지는 것. 그게 사랑일까. 관대해지는 게 사랑이라면 우리 사랑은 현재진행형일까.

경험상 진진의 월급 비슷하게는 맞춰야 뒤탈이 없을 것 같았다. 나는 일자리를 찾아 헤맸다. 마음에 드는 회사는 내 커리어와 나이로 녹록지 않았고, 연락이 오는 건 보잘것없는 일자리뿐이었다. 진진에게 털어놓자, 진진은 고개를 가로젓는 루피 이모티콘을 보내며 내가 취직을 하면 풀타임 베이비시터를 구해야 하는데 그럼 월 200은 족히 든다고 말했다.

자기, 월 200 벌 자신 있어?

진진이 이어서 물었다. 내가 자신 없다고 하니까 취직 대신 주동이나 신경 써달라는 답이 돌아왔다. 취직해서 받는 내 월급보다 그로 인해 지출하는 베이비시터 월급이 더 많을 테니 내가 베이비시터 역할을 하는 게 낫다는 합리적인 판단이었다. 마음이 한결 편해진 채 알았다고 했는데, 역시 진진은 만만한 상대가 아니었다.

유치원에 가 있을 동안에는 뭐 할 건데?
그래도 150 정도는 벌어야 하지 않겠어? 자기
대학원까지 졸업했잖아.

노력해볼게.

어떻게 벌 건데?

진진이 물었다.

글쎄, 생각해봐야지.

지금 비상 상황이라고. 생각 그만하고
움직여. 무슨 일을 해서라도 벌어야지.

내가 뭐라고 채팅창에 쳐야 할지
고민하는 동안 진진이 채근했다. 무슨 일을
해서라도 벌어야지, 라는 말을 어떻게
받아들여야 하지? 범죄를 저질러도 좋다는
건가? 묻진 않았다. 어떤 대답이 올지
두려워서.

계산해보자. 한 달에 150만 원이면,

단순하게 30일로만 나눠도 하루에 5만 원은 벌어야 한다. 소설 청탁은 매달 있는 게 아니라서 인센티브 개념으로 여기면 될 거 같고. 처음에는 배민 도보 배달을 하면 되겠거니 했는데 막상 하고 보니 만만한 게 아니었다. 한 건에 3000원꼴이므로 대략 열다섯 건 이상 처리해야 목표치를 채울 수 있었다. 한 건에 30분을 잡았을 때 열다섯 건이면 진종일 걸리고 집에 오면 지쳐서 널브러졌다. 한 문장도 쓰지 못했고 주동에게 유튜브만 보여줬다. 요리할 기운도 없어서 배달을 시켜 먹으니까 번 돈이 고대로 빠져나갔다. 이렇게 살아갈 순 없었다. 문득 아이디어가 하나 떠올랐다. 차라리 진진이 나를 베이비시터로 고용하는 게 낫지 않을까. 월급 200만 원짜리 진짜 베이비시터 말이야. 우리 아이니까 150만 원까지 할인해줄 수도 있다고. 바로 진진에게 메시지를 보냈다.
회신을 기다리는 동안 가슴이 두근거렸다.
잠시 후 회신이 왔다.

쯧쯧. 철없는 녀석. 요점은 150만 원이
아니야. 그만한 노력은 해야 된다는 데
있다고.

2. 론리맨

징징거리기만 했지 자랑을 한 적은 없는
것 같은데, 3년 전인가 시나리오 공모전에
입상한 작품이 있다. 상금은 1000만 원.
때마침 대출 만기가 도래해서 흔적도 없이
사라져버렸지만 글을 써서 가장 많이 번
돈이다. 가까운 지인들조차 모르는 사실이다.
그런데 왜 입을 다물고 있었지. 입상한 뒤로

잘 풀리지 않아서였던 것 같기도 하고.

가만…… 주인공의 실제 모델이 나였기 때문에 뭔가 창피해서 함구했었나.

이젠 아무래도 좋다. 장르는 슈퍼히어로물. 슈퍼히어로의 이름은 민활성. 그는 정수기 렌털 업체 영업 사원이었는데, 코로나로 인한 경기 불황으로 정리 해고를 당했다. 민활성이 슈퍼히어로가 된 결정적 계기는 전세자금대출 연장 미승인. 무직자가 된 게 죄라면 죄였다. 계약금은 계약금대로 날려버리고, 살 집마저 사라진 민활성의 인생은 꼬일 대로 꼬여버렸다. 대출 이자를 밀린 적도 없고 정리 해고가 자신의 탓도 아닌데 억울했던 민활성. 돈 없고 집 없으면 살지도 말란 말인가! 대한민국 사회에 불만을 품고 있던 어느 날, 민활성은 술김에 통장에 들어 있던 마지막 돈 100만 원을 모두 지폐로 인출해서 믹서에 넣어 갈았다.
그 뒤 목숨을 끊을 생각으로 꿀꺽꿀꺽
삼켰는데…… 100일 후, 혼수상태에 빠져 있던
민활성이 중환자실에서 벌떡 깨어난다. 한
가지 달라진 것이 있다면, 만 원짜리 지폐가
온몸에 두드러기처럼 새겨졌다는 것. 만지는
것마다 지폐로 만드는 초능력이 생긴 민활성.
민활성의 목표는 금융 시스템 붕괴. 모든 걸
돈으로 만들어서 초인플레이션을 불러오는
것이다. 이 빌어먹을 세상은 파괴되어야
비로소 구원된다. 이게 바로 민활성의
사명이다. 슈퍼히어로 이름은 론맨(loan-man).
그런데 제작사에서 제목이 직설적이라며
〈론리맨(lonely man)〉으로 고쳐버렸다.

　　지상에서 제일 돈이 많은, 그러나
　　누구보다 외로운 슈퍼히어로

제작사에서 밀던 홍보 문구다. 그런데 뭐, 그렇게 부자면 외로움도 감당 가능할 것 같긴 한데? 평생 혼자 살다가 고독사할 자신 있다고!

3년 동안 매달렸던 〈론리맨〉의 영상화는 처참히 실패했다. 자신이 우리 가족을 빚더미에서 구제해줄 슈퍼히어로가 될 수 없으며, 자신이 만든 슈퍼히어로 또한 세상을 구할 수 없다는 걸 깨달은 현실판 론리맨. 그렇게 론리맨은 슈퍼히어로의 존재를 믿지 않게 되는데⋯⋯.

3. 매문 행위

어느 순간 고리타분한 생각이 들었다. 어쩌면 인생이란 하나의 직업일지도 모른다.

인생은 온갖 노동의 총합이며, 인생은 보수를
양분 삼아 지속되는 것이다. 그렇다면 내
인생은 어떤가. 10년여의 작가 생활 동안 온갖
창작물을 뿌려놨는데 왜 회수가 안 되는가.
어디에 얼마나 뿌렸는지 메모나 해둘걸. 좀
더 현명하고 이성적으로 미래를 계획해볼 걸
그랬네. 수익률 제로. 그런데 왜 세금만 걷어
가는데? 내 인생은 백수란 말이다!

　　문학제일주의자가 몽상가에서
리얼리스트가 돼가는 과정을 그리는 게 요즘
내 소설의 경향 아닌가 싶다. 〈세일즈맨〉이
알레고리 소설의 면모를 갖췄다면, 아마 지금
쓰고 있는 이 소설은 리얼리즘에 가까울
것이다.

　　노동 혹은 직업에 대한 실질적인
이야기를 해보자. 메이저 문예지로
등단했는데 매문 행위를 할 수 없다는

작가로서 자존심만 버린다면 작가라는
타이틀을 걸고 할 수 있는 일은 굉장히 많다.
말만 작가를 뽑는다고 하고 정작 진짜 작가는
뽑지 않는 대기업 정규직을 제외하고도,
인터넷 구직 사이트에 작가라고 검색하면
수도 없는 직업이 나온다.

- 시대 갈등, 불륜 등 픽션 창작
1만 7000자(공백 제외) / 건당 13만 원 /
최소 주 1회
- 쇼핑몰 리뷰 조작 건당 5만 원 /
최소 주 10회
- 연예계 가짜 뉴스 각색 및 윤문
2500자(공백 제외) / 건당 8만 원 /
최소 주 5회
- 유튜브 댓글 및 조회수 조작 주급 50만
원 / 본인 명의 핸드폰 세 개 가입 조건

이런 일들을 모두 다 하지는 않았지만, 솔직히 말하면 했던 일도 많다. 수치심만 없애면 된다. 나는 역사에 남을 거장이 아니며, 그렇다고 당대의 베스트셀러 작가도 아니다. 나는 작가 사관학교인 동국대학교 문예창작학과 출신 생계형 작가다.

막간을 이용해서 궁금한 거 하나. 채용 사이트에 추천 공고가 떠서 클릭했더니, 매스무스 주식회사라는 데서 유해 콘텐츠 관리자를 뽑고 있었다. 재택근무에 근무시간은 주 5일 6시간. 연봉은 4000만 원. 문예창작학과, 국어국문학과 우대. 댓글 다는 데 열정적인 분과 자기소개서를 형식에 얽매이지 않고 재미있게 쓰시는 분을 채용한다는데, 이게 유해 콘텐츠와 무슨 상관이지? 도무지 이해할 수 없는 점도 있었다. 회사가 외국계이기 때문에 이력서를 보내면서 2800원의 번역료를 지불해야 하며, 합격 통보는 카톡으로 한다는데, 그런데…… 연봉을 4000만 원이나 준다고? 연달아 여러 가지 의문이 머릿속을 채웠다. 이 회사는 왜 유해 콘텐츠를 관리하는 걸까. 누구에게 어떤 권한을 받았기에? 뭣보다 이 직무와 작가는 무슨 상관일까?

그나마 다행인 건 그 무렵 괜찮은 일을 하나 찾았다는 것이다. 나는 같이 〈론리맨〉을 썼던 제작사 피디의 소개로 고덕동 지역지에 칼럼을 기고하기 시작했다. 대강 점잖은 작가 선생 노릇이나 하며 지역사회 명소나 맛집에 대해 고상한 논평이나 하려고 했더니 담당 공무원의 생각은 달랐다. 그는 《인간 만세》를 읽어봤다며, 내가 답십리 도서관에서 했던 업무가 흥미로웠다고 말했다. 다름 아닌 '문학동네 젊은작가상 수상 작가가 인생을

상담해드립니다' 말이다. 담당 공무원이
비슷한 업무를 해줄 수 없냐고 요청했다. 나는
고민해보겠다고 했는데, 그쪽에서 거부할 수
없는 조건을 제시했다. 한 달 정액 150만 원.

주민이 묻고 소설가가 답하다.

고덕동 주민이 현실에서 겪는 고충에
대해 질문하면, 내가 구체적인 해결책을
제시하거나 충고를 해주는 역할이었다.
강아지 분실, 학교 폭력, 층간 소음 갈등, 전세
사기 분쟁…… 딱히 정답이 없어서 두루뭉술한
결론을 내려도 부담스럽지 않은 행복한
글쓰기.

의도하진 않았지만 성과도 냈다. 고덕동의
골칫덩이였던 광역자원 회수 시설 후보지
선정 이슈 말이다. 아파트 연합 자치위원장의

요청으로 썼던 칼럼은 고덕동과 강일동 경계에 있는 국유지 공터가 광역자원 회수 시설, 쉽게 말하면 쓰레기 소각장 후보지에 든 걸 주민 입장에서 극렬하게 반박하는 내용이 주를 이루었다. 아동 및 청소년 인구와 초등학교 수가 서울 내 상위권인 상황에서 쓰레기 소각장을 떠넘긴다는 건 도덕적으로도 옳지 않고 과도한 희생을 요구하는 거라는 게 반박 근거였다. 그 뒤로는 뭐…… 우연치 않게 내 칼럼을 주요 언론사 몇 군데가 받아썼고 결국 상암동이 선정되는 데 작게나마 공을 세웠다는 진부하다면 진부하고 특별하다면 특별한 스토리.

성과가 나자 자치위원장은 추가 요청을 했다. 쓰레기 소각장과 더불어 고덕동의 이슈 중 하나였던 수소 발전소 문제였다. 고덕2동 북부 고덕천 상단에는 고덕빗물펌프장과 고덕차량사업소야구장이라는 정체불명의 국가 시설이 있는데, 그 근처에 주민들 모르게 수소 발전소 두 기가 들어와 있었고 지난 지방선거 이후 추가 건설이 확정됐다. 이 사실을 뒤늦게 알게 된 주민들은 분노했다. 몰래 지은 것도 모자라서 하나 더 들어오는데 그게 공청회 없이 결정된 사안이라는 것이다. 취재 결과 수소 발전소는 환경적으로 부정적인 영향도 없었고 인체에도 무해했으며 오히려 지역 전기료 인하에 도움이 됐지만, 내 고객은 시위대였고 그들의 목적은 수소 발전소 추가 건설 백지화였다. 내가 한 일은 간단했다. 미드 〈체르노빌〉을 살짝 언급한 것이다.

검색량 자체가 적어서인지 이 칼럼은 다행히 파급효과가 없었다. 나는 얼마 지나지 않아 다시 강아지 분실 칼럼 같은 걸 쓰는 평화로운 일상으로 되돌아왔다. 다시는 대중의 관심이 쏠릴 만한 글 같은 건 쓰고 싶지 않았다. 거액을 준다면 또 모를까.

놀랍게도 거액의 일자리를 제안받은 건 그즈음이다. 수소 발전소에 대한 칼럼이 인상 깊었다며 고용주라는 작자가 포트폴리오를 검토해보고 싶다고 연락을 취해온 것이다. 포트폴리오를 보자는 말에 왠지 자존심이 상했지만, 인생에 다시 없을 기회일지도 모른다는 생각도 들었다. 나는 소설보다는 입상 실적이 있는 〈론리맨〉이 나을 것 같아서 시놉시스를 보냈다. 며칠 뒤, 서류 합격 여부가, 아니, 〈론리맨〉을 어떻게 봤는지가 궁금해질 때쯤 고용주가 면접을 보자며 연락을 해왔다.

우리는 한영외고 인근 으슥한 산길 벤치에서 만났다. 고용주는 포트폴리오

검토는 형식적인 절차였다며, 내게 수소 발전소 관련 일자리를 제안했다. 고용주는 시위대의 상대편에 위치한 자였다. 이리 붙었다 저리 붙었다 하는 게 마음에 들지 않았지만, 당시 나는 돈 이외에는 어떤 가치 판단도 하고 싶지 않았다. 나는 수락을 하기 전에 어떤 일을 해야 하냐고 물었다.

선생님 소설도 찾아서 봤는데 다르지 않은 것 같아요.

고용주가 말했다.

네? 뭐가 다르지 않아요?

내가 되물었다.

다소 엉뚱하긴 하지만 사람들이 두려움에 떨도록 설득하는 작업 말이죠.

고용주가 대답했다. 내 소설과 수소 발전소와의 상관관계는 아무리 머리를 굴려도, 그 논리적 간극이 메워지지 않았다.

나는 솔직히 무슨 말인지 모르겠다고
털어놓았다.

괴담 창작.

고용주는 단답형으로 답했다.

네?

괴담을 만드는 거라고요.

고용주가 풀어서 말했다. 내가 이해가
가지 않는다는 뜻으로 어깨를 으쓱하자
고용주는 부가 설명을 했다. 고용주는
시끄럽게 굴어서 언론의 관심을 불러 모으는
시위대를 내쫓아줄 괴담을 원하고 있었다.
내가 괴담을 만들어내면 고용주의 인맥을
동원해 배포하겠다는 계획이었다. 나는
오히려 시위대를 자극해서 역효과가 나는 거
아니냐고 의심했지만, 고용주는 시위대에게
두려움이라는 관념을 주입하는 게 이 업무의
핵심이라고 자신감을 보였다. 첫 미션은

일주일에 괴담 두 편. 분량에 구애받지 않아도 된다. 원고를 검토해본 뒤 추후 계약을 할지 말지 결정하자. 비밀 유지 서약서 쓰기와 현금으로 급여 받기, 조건은 이 두 가지였다.

걱정 마세요. 세상에는 눈먼 돈이 많아요. 난 그걸 뿌리는 역할만 할 뿐이죠.

무언가 의심스러워서 어떻게 거절해야 할지 고민하고 있을 때 고용주가 말했다. 고개가 저절로 끄덕여졌다. 진리를 관통하는 듯한 말이어서 그랬던 것 같다. 그리고 그 순간 나는 내가 이 일을 수락하게 될 거라는 걸 직감했던 것 같다.

그런데 론리맨은 지구를 구하나요?

아, 면접을 마칠 때 고용주가 던진 질문이 떠오른다. 열린 결말이라 판단하기 애매하다나. 내가 뭐라고 대답했더라. 고용주가 파안대소했던 것만 기억나네.

사실 나조차도 모르겠다. 금융 시스템을 망가뜨리고 돈을 뿌리고 다니는 행위. 이게 무엇을 의미할까. 과연 론리맨은 지구를 구할 수 있을까?

고용주가 누구인지는 밝힐 수 없다. 비밀 유지 서약을 하기도 했고, 무엇보다 〈펜팔〉을 쓴 뒤 미행을 당했던 경험을 돌이켜봤을 때 정치적 메커니즘은 외면하는 게 여러모로 좋다는 걸 안다. 더군다나 나는 지켜야 할 가족도 있지 않은가! 자칫 잘못했다가 수소 발전소 인근 공터에 파묻힐지도 모른다. 시간이 흘러 뼈만 남은 채 서울 시내 공터를 찾아 헤매는 아파트 건설사의 눈에 띄어 으스러지겠지. 그럴 수 없다. 나는 주동이 무럭무럭 자라고 사랑하는 사람을 만나는 경이로운 광경을 보고 자연사할 계획이다. 그래도 궁금하다면 단 한 문장만 추가하겠다.

눈썹 숱이 많고 오리 궁둥이인 중년 남자를
조심하라!

4. 산책하기 좋은 날을 기다리며

이쯤에서 잠깐 주동을 소개하고
넘어가야겠다. 주동은 진진과 나 사이의
아이로 올해 여섯 살이다. 주인 주(主). 움직일
동(動). 움직임의 주인이 되어라. 내가 하도
굼뜨고 내성적이라 살면서 불편한 게 많았기
때문에 주동만큼은 당당하고 적극적으로 살길
바라는 마음을 담아 지은 이름이다.

사실 주동의 본명은 다르다. 진진이
택한 건데, 조금 더 대중적인 이름이라고나
할까. 진진은 주동이라는 이름이 촌스럽다며
자신이 지은 이름을 밀어붙였다. 그래도 이

글에서만큼은 내가 지은 이름으로 부르도록 하겠다. 주동이 내게만 귓속말한 건데 주동이라는 이름이 훨씬 좋다고 했다. 주동이 덧붙였다. 엄마에겐 비밀!

나는 주동이 태어나면서 롤모델을 로베르토 볼라뇨에서 조앤 롤링으로 바꾸었다. 조앤 롤링은 유아차에 탄 아이를 곁에 둔 채 《해리 포터》를 썼고, 로베르토 볼라뇨는 이빨이 몽땅 빠진 채 《야만스러운 탐정들》을 썼다. 조앤 롤링의 아이는 사랑스러운 금수저로 자랐을 테고, 로베르토 볼라뇨의 자녀는…… 음…… 모르겠다.

주동을 유치원에 보낸 뒤 본격적인 일과에 돌입한다. 유치원 이야기를 하니 또 할 말이 생기네. 주동을 유치원에 데려다주면서 대화를 나누는 시간은 내가 사랑해 마지않는 시간이다. 죽기 전에 펼쳐지는 파노라마가

존재한다면 아마 가장 많은 분량을 차지하지 않을까. 아, 또 하나 있구나. 금요일 저녁마다 KTX를 타고 경주에서 올라오는 진진을 마중 나가는 시간도.

온전히 모든 시간을 글쓰기에만 할애할 수는 없었다. 빨래와 청소를 마치고 주동의 반찬을 만들면 아침나절이 지나 있었고, 남는 시간 동안 나는 암살자가 된 듯 순식간에 하루치 작업량을 마쳐야 한다. 괴담 양산까지 맡은 뒤에는 부담이 커졌다. 첫 원고부터 고용주 마음에 들어야 할 텐데. 그래야 계약을 따내고 안정적으로 돈을 벌 수 있을 텐데. 이런 걸 바로 자발적 노예라 하는구나. 나는 이런저런 번뇌에 휩싸인 채 주동이 올 때까지 작업과 가사를 오가야 했다.

책상 앞에 앉아 있는 시간이 길어지니 지병인 목 디스크가 재발했다. 신경질도

늘었다. 진진이 그렇게 스트레스를 받을 거면 그만두라고 했지만 진심이 아니라는 것 정도는 알 수 있었다. 괴담이 통과되고 정식으로 일을 수주하는 데 성공한다면 진진의 소득을 넘어설 것으로 예상됐다.

그러던 어느 날이었다. 오전 내내 집안일을 한 뒤 한숨 돌리고 있을 때, 머지않아 출간될 《산책하기 좋은 날》에 사인이 필요하다는 편집자의 메시지가 왔다. 500장의 속지를 보냈다며 사인을 해서 다음 날까지 인쇄소로 보내달라는 것이었다. 네? 500장이나요? 라고 답장도 하기 전에 벨 소리가 울려서 나가보니 택배 기사가 상자를 두고 떠나고 있었다.

박스를 뜯었다. 눈앞에 500장의 속지가 서명이 필요한 대출 서류처럼 쌓여 있었다. 주동의 하원이 얼마 남지 않았기도 했고,

괴담 마감 때문에 조급해서 도무지 사인을 할
엄두가 안 났다. 진진에게 짜증을 내며 출판사
험담을 했더니, 진진은 아파트 커뮤니티
어플에서 등하원 알바를 찾아보라고 했다.
아이를 낳고 몸조리를 할 때 당시 살던 아파트
커뮤니티를 통해 소일거리를 구하는 동네
할머니를 알바로 쓴 적이 있었다면서 말이다.
말을 듣고 보니 기억났다. 진미채를 맛있게
만드셨던 분! 그런데 베이비시터를 구한다는
것, 주동을 다른 사람의 손에 내맡긴다는 것이
왠지 찝찝했다. 그래서 나는 묘책을 떠올렸다.
사인을 대신 해줄 사람을 구하면 되잖아!

　　어플을 내려받은 뒤 구직 게시판을
훑어보니 내 업무를 이해할 만한 사람은
도무지 보이지 않았다. 먹고살기에만 급급한
모습이랄까. 지나치게 사무적인 모습도
약간 실망스러웠다. 타고난 미적 감각이

있지만 그렇다고 자의식을 직접적으로
내비치지는 않는 알바는 보이지 않았다. 내가
너무 까다로웠나? 진진이 적당히 하라고
구박했으니 맞는 것 같다.

　심부름꾼 소년이 무엇이든 해드립니다.

　그러던 중 구직란에 눈에 띄는 제목이
보였다. 심부름이라는 단어는 그렇다 치고,
보아하니 성인 남성인 것 같은데 소년
운운하는 게 크리피해 보이긴 했지만, 프로필
사진을 보니 산뜻한 타입의 미남이라 딱히
거부감은 들지 않았다.
　게시판에 심부름꾼 소년을 검색해보니
평판도 좋았다. 후기를 읽어보니 책임감
있고 싹싹하기까지 해서 인기인 것 같았다.
명문대에 삼성전자 공채 출신이라는 둥,

총각이 어쩜 그렇게 청소와 요리를 잘하냐는
둥, 주어진 일에 최선을 다하며 없는 일도
능동적으로 찾아서 한다는 둥, 기분 나쁘지
않게 조언을 하는데 그게 효과적이라는
둥, 애프터서비스가 확실하다는 둥 칭찬이
자자했다.

사인 알바 급구
N잡 가능 단순 알바
학력/연령 관계 없음
시급 12,000원

구인란에 글을 올렸다. 아니나 다를까
오래지 않아 sb에게서 메시지가 왔다. 아,
sb…… 크게 신경 쓰지 않아도 된다. 소설에
써도 되냐고 허락을 구했는데 본명은 밝히기
그렇다기에 닉네임인 service boy를 따서 붙인

것이다.

면접이라는 단어까지 쓰는 건 너무 거창하다. 우리는 114동 앞 놀이터에서 만났다. 아이들이 유치원과 학교로 떠난 놀이터가 그렇듯 한산하기 그지없었다. 과연 sb였다. 내가 갑이고 자신이 을이라는 것을 첫 만남부터 은근히 드러낸달까. 내가 도착하기 전에 기다리고 있었던 건 물론이고, 90도 인사는 기본, 들고 간 사인지 더미를 순식간에 부드러운 손길로 받아 들었다. 내가 아무리 직장을 다닌 경험도 적고 동년배에 비해 때 묻지 않았다 쳐도 대접받는 기분이 그리 나쁘지는 않았다.

인사를 나눈 뒤 sb는 가방에서 A4 용지를 꺼내 건넸다. 뭐냐고 물으니 인터넷에 떠도는 내 사인을 보고 시안을 잡아 왔다고 했다. 이렇게까지는 오버인데, 라고 생각하며

시안이라는 걸 들여다봤다. 내 사인과
엇비슷했는데, 그의 글씨가 좀 더 반듯하달까.
그렇다고 모범생 같은 게 아니라 은은한
미감이 묻어났다. 모르긴 몰라도 악필보다야
작가로서 이미지에 도움이 될 것 같다는
생각이 절로 들었다. 시안 같은 건 아무래도
상관없다고, 내일 오전까지만 마무리해서
우편으로 보내주면 된다고 하자 sb가 물었다.

어떤 문구를 원하시나요?

문구요?

내가 되물었다. sb가 스마트폰으로 다른
작가의 사인을 검색해서 보여줬다. 사인과
일자만 덜렁 적었던 나와는 달랐다. 사인과
함께 독자의 심금을 울릴 만한 소설 속 한
구절이나 재치 있고 시의적절한 메시지를
적고 있었다. 문구라……. 문구를 떠올리자니
머릿속이 하얘졌다. 진진이 내가 재치와는

거리가 먼 타입의 작가라고 평했던 게
떠올랐다. 인정한다. 그리고 무엇보다
주동이 오기 전에 할당량을 어느 정도는
끝내야 했다.

　무슨 말인지는 알겠는데…… 도무지
모르겠어요. 그냥 이름과 날짜만 적어주세요.

　나는 다급해져서 말했다.

　그래도 독자분들이 보기에는 성의가 없어
보일 텐데요.

　sb가 지적했다. 어떻게 보면 sb도 독자
아닌가. 독자에게 직접 이런 말을 들으니 약간
찝찝했다.

　송구스럽지만 갑자기 일을 맡은 터라
아직 작가님의 작품을 읽지는 못했는데요.
인터넷을 검색하다 보니까 작가님의 소설
스타일은 독자들과 상당히 거리감이 있는 것
같더라고요. 친근하게 다가갈 문구가 필요할

것 같습니다.

　다른 데서 들었다면 기분이 나쁠 것 같았지만, sb의 태도가 하도 정중해서 묵살하기 힘들었다. 무엇보다 일리가 있었다. 맞아, 나는 소설만 썼지 독자들에게 다가가기 위해 아무런 노력도 하지 않았던 거야. 그런데도 소설이 팔리지 않는 걸 독자 탓으로 돌리기에 급급했다고. 머릿속이 뒤엉켰다. 그때 좋은 생각이 났다. 시급을 올려줄 테니 문구를 제안해달라고 한 것이다. 고민을 하는 듯 sb의 미간이 좁아지고 있었다.

　그래도 작가가 직접 생각한 문구가 좋을 텐데요.

　sb는 끈질겼다. 그래도 시급을 올려준다는 말에 고집이 수그러든 눈치였다.

　그런데 《산책하기 좋은 날》은 어떤 장르의 소설인가요?

이쯤에서 면접을 정리하고 일어나려고 하자 sb가 나를 잡았다. 모든 일에 최선을 다한다는 평이 무슨 말인지 알 것 같았고, 이런 타입은 성가시기 일쑤라 나와 궁합이 맞지 않는다는 생각이 들었다. 한편으로는 일용직 알바를 왜 이리도 열심히 하나 sb라는 인간에 대해 궁금해지기도 했다.

그냥 소설이요.

내가 답했다. 어떤 장르냐고 묻는 질문은 난감하기 짝이 없었다. 그럴 때마다 나는 뭐라고 말했더라…… 일단 그냥 소설이라고 말한다. 또 물어보면? 복합적인 소설을 쓴다? 마지막까지 가면 이렇게 답한다. 순수문학이요.

그냥…… 이라는 장르도 있나요?

sb가 의문이라는 듯 고개를 갸웃했다. 나는 문득 시간을 낭비하고 있다는 생각이 들어서 짜증이 치솟았고, 어떤 책인지는 궁금해할 필요 없고 그냥 사인만 잘해주면 된다고 애써 짜증을 억누르며 이야기했다.

문구가 정 필요한 것 같으면 책 속 구절 중 그럴듯한 걸로 써주시면 됩니다.

내가 덧붙였다. sb가 내 의지와 감정을 읽었는지 이번에는 충직한 느낌으로 고개를 끄덕였다. 이상하게도 짜증이 금세 사라졌다. sb에게 사람을 다루는 재주가 있다고 느꼈고 내가 왠지 sb에게 보수를 지급하도록 고용된 것 같다는 생각마저 들었다.

바쁘신데 정말 죄송해요. 그래도 알 건 알아야죠. 이 책이 어떤 책이냐에 따라 서명하는 마음도 달라지잖아요. 비록 제가 쓴 책은 아니지만요.

인사를 하려던 찰나 sb가 다시 나를 잡았다. 뭐랄까, 진심처럼 느껴져서 이번에는 마음이 동했다. 나는 일어나려는 마음을 접고 《산책하기 좋은 날》에 대해 설명하기 시작했다. 이야기가 끝난 뒤 sb는 이 소설을 쓸 때의 마음가짐 같은 걸 물어왔다. 단언하건대 10년 넘게 소설을 썼지만 그 어디에서도 이런 질문을 들은 적은 없었다. 나는 당시 내가 어떤 상황이었는지 이야기했고, 한술 더 떠 물어보지도 않은 주제와 메타포 같은 것에 대해 신이 나서 떠들었다. 주인공에 대해서 이야기할 때 마치 본인이 주인공인 듯 눈을 감고 집중하던 sb의 모습이 눈에 선하다. 일장연설을 마치고 보니 무려 한 시간이 지나 있었다.

와, 이 소설 정말 아이디어가 좋은데요? 여건만 되면 끝도 없이 쓸 수 있겠어요. 산책이라는 키워드가 시의적절하기도 하고. 저 같으면 어떻게 썼을까요? 고덕천을 먼저

걸었겠죠? 선사 유적을 본 뒤 암사시장도 갔을 테고. 암사시장에는 저만 아는 떡볶이 맛집이 있는데…….

sb가 들뜬 기분을 억누르는 듯한 표정으로 말했다. 《산책하기 좋은 날》과 비교했을 때 무언가 핀트가 어긋난 것 같았지만, 그래도 호의적인 독자와 만난 듯해서 기분이 괜찮았다.

sb는 성실했다. 면접이 끝난 뒤 서점에서 《산책하기 좋은 날》을 샀다는 인증 사진이 날아왔다. 무려 한 시간 만에 책을 읽었다는 문자도 보내왔다. 다음에 만난다면 책을 가져갈 테니 꼭 사인을 해달라는 멘트와 함께. 그가 내게 컨펌을 받은 문구는 아래와 같다.

산책하기 좋은 날을 기다리며

다음 날, sb는 오전 일찍 고덕동 우체국에서 사인지를 보냈다며 영수증을 첨부했다. 나는 우편료와 보수를 송금했고, 그렇게 우리의 갑을 관계는 일단락됐다.

며칠 뒤, 사인본 이미지들이 인터넷에 올라오기 시작했다. sb의 분석은 정확했다. 산책하기 좋은 날을 기다리며, 라는 담백한 문구에 소설이 집약돼 있다는 것부터, 서체로 인해 작가의 반듯한 심성을 추측할 수 있는 한편, 독특한 미감을 선사한다는 평까지 호평 일색이었다.

작가의 이름을 보고 전작들의 악명에 눈살을 찌푸렸지만, 사인 필체의 다정다감함을 접한 뒤 책을 구입했다.

개인적으로는 이 평이 기억에 남는다.

알라딘 100자평이었다. 이게 바로
애프터서비스인가. 그 독자의 닉네임은
sb였다.

5. 베이비시터

　나는 괴담 조작에 집중했다. 마감 일자가
코앞으로 다가와 있었다. 아, 이 이야기를
안 했구나. 그즈음 나는 아예 sb에게 육아를
제외한 가사를 전부 맡긴 상태였다. 솔직히
말해서 모든 일을 완벽하게 하진 않았지만,
어떤 요구를 하든지 상냥하게 응대해주는 데
만족했다.

　괴담 1: 수소 발전소에는 인육을 탐하는
　괴물이 서식한다.

괴담 2: 수소 발전소에서 새어 나오는
미지의 생화학 물질은 전염병을 유발한다.

sb의 지원 덕분에 마감 기한 내 완성할 수
있었다. 괴담의 속성인 것 같긴 한데, 다 쓰고
보니 뭔가 유치한 것 같기도 했다. 이렇게
써도 되는지 확신이 없었다. 최종 파일을
보내기 전에 정지돈이나 이상우에게 소설인
척 자문을 구해보려고 했지만 괜히 켕겨서
말았다. 진진에게 보내줬더니 바쁘다는
대답이 돌아왔다. 그렇다면 내 곁에 남은
성인은 단 하나였다. 누구보다 충성심 높은
최저시급 알바 sb. 어떠냐고 묻자, sb는 역시
작가라 그런지 필력이 유려하다는 말을
시작으로 칭찬을 늘어놓았다.

　단 하나, 단점이 있는데요.

　sb가 칭찬 끝에 덧붙였다. 손을 가지런히

모으고 고개를 살짝 숙이는 동시에 사뭇
진지한 표정을 짓고 있었다. 겸손한 연기를
한다는 걸 단숨에 파악했지만, 문제는 진짜
겸손하게 느껴진다는 것이었다. 나는 짐짓
아무렇지도 않은 척을 하며 단점이 뭐냐고
물었다.

　진짜 같지가 않아요.

　구체적으로 말해줄 수 있나요?

　땅에 발을 디디고 있어야죠.

　sb가 왼발을 살짝 들었다가 마룻바닥을 쿵
하고 디뎠다.

　그러니까 비현실적이라는 말이죠?

　언짢았지만 물불 가릴 때가 아니었다.
sb가 입가에 희미한 미소를 띠며 고개를
끄덕였다. 그 미소가 어떤 의미인지
궁금했지만 시간이 없었다. 나는 그럼 어떻게
했으면 좋겠냐고 물었다. sb는 인터넷을

뒤지더니 해외 사이트에서 괴담과 유사한 기사를 찾아냈고, 원고 중간중간에 이 기사를 인용하는 게 어떻겠냐고 제안했다.

　논쟁할 기운도 없었다. sb의 의견을 반영해서 수정한 뒤 메일을 보내자 고용주는 뛸 듯이 기뻐했다. 글만 봤을 때는 긴가민가했는데, 인용 기사를 보는 순간 이마를 탁 쳤다나 뭐라나. 그 뒤 나는 고용주와 정식 계약을 체결했다. sb에게 굳이 칭찬을 전해주진 않았다. 이런 기분이 든 것 자체가 부끄러웠지만, sb의 버릇이 나빠질 것 같아서였다. 이게 바로 현실의 힘이죠. sb가 예의 그 무턱대고 비난할 수 없는 미소를 띠며 이렇게 말할지도 모른다고 상상하니 아찔했다.

　자존심이 상했지만 딱히 다른 방법은 없었다. 마감 전 sb에게 검사 아닌 검사를 받는 수밖에. 상사에게 컨펌이라도 받는 것 같아서 찝찝했지만 어쩌겠는가. sb의 첨삭 지도는 하는 족족 고용주의 입맛에 맞았으니. 어느 순간부터 내가 고용주와 sb 사이를 이어주고 수수료를 받는 중개인 그 이상도 이하도 아닌 것처럼 느껴질 정도였다.

실질적인 성과도 났다. 연예인 스캔들로 악명이 높은 인터넷 매체에서 괴담을 확장하여 르포 기사를 쓴 것이다. 그 여파는 〈그것이 알고 싶다〉에서 방송을 하는 데까지 미쳤다. 고용주가 어떤 묘수를 썼는지 모르겠지만, 거의 모든 매체의 결론은 같았다.

조사 결과 괴담은 허구지만 가능성이 있기 때문에 주의 요망!

거짓말처럼 시위대 인원은 절반으로

줄었고, 시위도 하는 둥 마는 둥 했다. 그러고
보니 고용주가 쓴 방법을 알 것 같다. 〈그것이
알고 싶다〉에 나온 고용주와 묘하게 닮은
의사 양반!

고용주는 이참에 기세를 이어가서
시위대의 뿌리를 뽑자며 작업량을 늘렸다.
시간이 없다며 난색을 표하자 보수를
올려주고 고덕비즈밸리에 작업실도
구해주겠다고 제안했다. 진진은 일생일대의
기회를 놓치지 말라고 신신당부를 했다. 본의
아니게 나는 작업실로 출퇴근하기 시작했다.
오랜만에 고요한 방에 혼자 있으니 주동을
사랑하는 마음과는 별개로 영혼이 채워지는
느낌이 들었다. 게다가 내가 자리를 비운 사이
누군가 작업실을 깨끗하게 치워주고 냉장고에
각종 밀키트와 와인을 한가득 채워주었다.
나는 와인을 마시며 노트북의 텅 빈 워드

화면에 대고 중얼거리곤 했다. 이게 바로 인생인가?

문제는 주동을 돌볼 시간이 전혀 나지 않는다는 것이었다. 진진에게 고민을 토로했더니 sb를 풀타임으로 고용하는 건 어떠냐는 조언을 했다. 나는 배보다 배꼽이 큰 거 아니냐고 했는데, 잠시 뒤 진진은 이미지를 보내왔다. 이미지를 클릭해보니 손으로 쓴 수식이 적혀 있었다. 일시적으로는 손해일지도 모르지만 장기적으로 오히려 이득이었다. 디테일이 생략돼 있었지만 크게 보면 진진의 계산은 옳았다.

천재.

나는 진진에게 답장을 했다.

훗.

나를 비웃는 듯한 이모티콘이 돌아왔다.

그렇게 sb는 풀타임 베이비시터가 됐다.

다행히 주동은 sb를 곧잘 따랐다. sb는 유치원 교사처럼 다양한 커리큘럼을 마련했고, 뛰어노는 것을 선천적으로 싫어하는 나와 달리 격의 없이 놀아주었다. 시간이 흐르자 sb가 성인 남성인 데서 오는 어쩔 수 없는 경계심은 누그러졌다. 나는 sb에게 주동을 재우는 것까지 부탁한 뒤 밤늦게 귀가하곤 했다. 그런데도 업무량은 늘어만 갔고 시간은 점점 더 부족해졌다. 이윽고 나는 칼럼 기고까지 sb에게 넘겨버렸다. 께름칙하긴 했지만 넘기고 보니 탁월한 선택이라는 생각이 들었다. sb는 기본적으로 작문력이 있는 데다가 지역 현안에 밝아서 무리 없이, 아니, 나보다 더 능수능란하게 칼럼을 써냈다. 더 바빠지자 내가 사랑해 마지않는 일 중 하나도 맡길 수밖에 없었다. 바로 주동의 유치원 등하원 말이다.

마지막 하원 길에서 주동과 나눈 대화가 기억난다. 11월 초의 늦가을이었다. 유치원에서 아파트 단지로 돌아오는 길은 인근 공원에서 날아온 울긋불긋한 낙엽들로 가득했다. 주동은 언제나처럼 낙엽 밟는 소리가 재미있다며 까르르 웃어댔다.

아빠가 바빠서 내일부터 주동이를 데리러 오지 못할 거야.

내가 말했다. 주동은 그럼 누가 데리러 오냐고 물었다.

삼촌.

내가 답했다.

다행이다.

왜?

나는 삼촌을 좋아하니까?

주동이 시큰둥하게 답했다.

그럼 이제 아빠가 바뀌는 거야?

그리고 이어서 물었다.

응?

아빠는 나 유치원 데려다주는 사람이잖아. 그럼 삼촌이 이제 내 아빠인가?

아니, 주동아 그게 아니라…… 아빠가 등하원을 시켜주지 않는다고 해서 아빠가 아빠가 아닌 게 아니라…….

그럼 이제 아빠는 우주로 돌아가는 거야?

주동이가 내 말을 이해 못 한 듯 물었다.

우주로?

바보, 이 세상에서 사라지는 거냐고.

주동아 그게 아니라…….

와 예쁜 낙엽이다!

내가 어떻게 하면 쉽게 설명해줄 수 있을지 고민하는 동안 주동이 낙엽을 주웠다. 그때 거센 바람이 휭 불어왔고, 주동의 손에 있던 낙엽이 바람을 타고 날아갔다.

그리고 환호성을 지르며 낙엽을 따라 달리는 순진무구한 우리 주동이.

그러게, 아빠는 어디로 가는 걸까…….

그 아름다운 광경을 보며 이렇게 되뇌었던 게 기억난다.

처음에는 섭섭했다. 그러나 그런 감정은 사치였다. 시위대가 역공을 펼쳤고, 수소 발전소의 뒤를 봐주며 건설 기업과 유착해 정치적 입지를 넓혀가는 인물이 고용주라는 걸 들춰냈다. 고용주도 호락호락한 인물은 아니었다. 맞불 작전을 펼친 것이었다. 많은 날에는 하루에 서너 개씩 괴담을 창작하기에 이르렀다. 실로 오랜만에 느껴보는 창작의 고통이었다. sb는 첨삭을 해주면서도 이렇게 퀄리티가 떨어지는 원고라면 장기적으로 내 커리어에 어떤 방식으로든 악영향을 끼칠까 우려된다고 직언했다. 고용주에게 슬며시

의견을 전달했지만, 고용주는 질보다 양이
중요한 시기라며 오히려 작업량을 늘렸다.

그 무렵 진진과는 소원해졌다. 보통
우리는 주말마다 주동을 차에 태우고 놀러
다니곤 했는데, 내가 돈을 벌기 시작하자
진진은 주말 육아를 자청하고 나를 작업실로
떠밀었다. 운전면허가 없는 진진은 주말 내내
아파트 단지에 주동과 갇혀 있어야 했다.
주동이 답답해하는 것 같았고 진진도 지친
기색이 역력했다. 나는 sb에게 주말 근무를
지시했다. sb는 진진, 주동을 태우고 교외로
쏘다녔다. 언제부턴가 진진은 내게 목적지도
말해주지 않았다. 작업실에서 진진의
인스타그램에 올라온 사진을 보며 어디로
갔는지 유추할 뿐. 진진과 주동의 표정에는
내가 없는 게 전혀 티 나지 않았고 오히려 더
즐거워 보였다. 기분 탓인지 어느 순간부터

진진은 내가 문자를 보내도 미지근하게 반응하는 것 같았다. 지금까지도 진진과의 관계는 좀처럼 회복되지 않는 듯하다. 조만간 부부 상담이라도 받아야 할 것 같은데.

아무리 비빠도 끝까지 양보하지 않은 게 하나 있었다. 4장에서도 밝혔던 것 같은데, 금요일 저녁마다 서울역으로 진진을 마중 나가는 주간 행사 말이다. 우리는 돌아오는 길에 맛집에 들러 만찬을 즐긴 뒤 느지막이 귀가했고, 차에서 잠든 주동을 그대로 둘러업어서 재운 뒤 와인을 한잔하며 못다 한 대화를 나눴다. 상상만 해도 행복하네. 그러나 이마저도 sb에게 빼앗겨버렸다. 솔직히 말해 sb가 의도적으로 빼앗은 건 아니었지만 당시 나는 사리 분별도 못 할 만큼 뒤틀린 상태였다. 언젠가 마감 시간까지 일을 다 끝내지 못해서 sb를 보낸 게 도화선이었다.

진진에게 sb가 대신 간다고 양해를 구하며 집에 와서 저녁을 같이 먹자고 했는데, 아무 연락도 없이 레스토랑에서 술까지 마시고 온 진진이 원망스러웠다. 주동을 건네받을 때 주동이 잠결에 sb를 아빠라고 부른 것도 기억난다.

그 뒤 괜히 질투가 났던 것 같다. 나도 모르게 sb에게 틱틱거리기 시작했다. 주동이 유치원 행사에 내가 아니라 sb가 오길 원한다는 사실을 알게 된 뒤에는 마침내 폭발해버렸다. 나는 그길로 sb를 해고했다. 충동적으로 저지른 터라 후회막심이었지만 자존심이 상해서 번복하고 싶지는 않았다. 육아와 일을 병행하려니 밤을 새우기 일쑤였다. 주동도 sb를 찾았고, 진진은 감정적으로 처신한 나를 탓했다. 당연히 괴담 첨삭 지도사도 사라졌다. 고용주는 전에는 퀄리티가 다소 떨어져도 메인 서사가 강렬해서 읽어줄 만했는데 지금은 서사 자체가 중구난방이라 난삽하다고 고개를 갸웃했다. 고용주가 작가를 하나 더 고용했다며 그를 팀장으로 승진시킬지 말지 고민하고 있다고 이야기했을 때 위기감이 들었다. 꽤 유명한 작가라서 누가 보더라도 내가 밀렸기 때문이었다.

패배를 인정한다. 나는 sb에게 다시 연락을 취했다. 사과를 하겠다며 술자리도 마련했다. 그날 나는 술기운에 기대 질투와 소외감을 느껴서 심술을 부렸다고 고백했다.

그래도 저는 당신을 대체하지 못해요.

sb가 위로하자 모든 화가 풀리는 듯한 느낌을 받았는데 내가 그렇게 단순한 사람인 건가. 궁금했지만 그동안 미처 묻지 못했던 sb의 과거에 대해서도 알게 됐다. 명문대에 삼성 공채도 모두 사실이었는데, 왜 그런 그가 최저시급 알바를 하게 됐는지 말이다. 예상보다 더 슬프고 억울한 사연인데, 프라이버시를 침해할까 봐 생략하겠다.

sb는 영악했다. 복귀한 뒤에는 선을 지킨달까. 나는 가족의 일원이 아니라 베이비시터이자 대리 기사이자 파출부일 뿐이다. 이 문장을 행동으로 보여주었다. 별수 없었다. sb를 다시 믿고 의지하는 수밖에.

하나가 해결되자 다른 문제가 생겼다. 목 디스크가 터진 것이다. sb는 목을 굽힐 수조차 없는 내게 밥을 먹여주기까지 하면서 간병인 노릇을 자처했다. 도수치료를 받자 좀 나아졌는데, 그마저도 고용주의 상황이 악화되면서 시간을 내기 힘들었다. 위약금 때문에 취소도 할 수 없어서 sb를 보내 도수치료를 받게 한 적도 있었다. 참고로, 이

에피소드를 소설화한 게 안온북스 웹진에
발표한 〈속초 도수치료 후기〉이다.

　현실은 달랐다. 소설처럼 sb가 도수치료를
받는다고 내가 앓고 있는 디스크가 좋아질 리
없었다. 치료를 중단하자 얼마 안 가 방사통이
온몸으로 번져나갔고, 급기야 가만히 서
있는 것 외에는 아무것도 할 수 없는 상태에
이르렀다. sb는 타이피스트가 됐다. 내가 선
채로 문장을 읊으면 sb가 타이핑을 한 것이다.
평생을 손가락 감각으로 글을 써온 내게는
감옥에 갇힌 것 같은 상황이었다. 그러던 어느
날이었다. 심신이 지친 나머지 침대에 잠깐
눕는다는 게 어느 순간 잠이 든 것 같았다.
눈을 뜨니까 날이 밝아 있었다. 일어나서
허겁지겁 노트북을 켰더니 원고가 써져
있었다. 나는 원고를 천천히 읽어 내려갔다.
흠잡을 데가 없었다. 원고 말미에는 내 사정을

두고 볼 수만은 없었다면서 선을 넘었다면
죄송하다고 사죄하는 sb의 메시지가 적혀
있었다.

피고용인의 재능을 살리는 건 고용주의
역할 중 하나다. 나는 목 디스크가 나을
때까지만 sb를 대필 작가로 고용하기로 했다.
sb는 천재는 아니지만 타고난 노력파였다.
직접 수소 발전소에 가보기도 했고,
발전소장을 인터뷰하기도 했다. 이렇게까지
해야 하나 싶었지만, 심지어 시위대로
위장해서 대장 격인 인물과 친분도 쌓았다.

괴담 48: 석촌호수 사례 검토 결과
싱크홀에 대한 우려가 수소연료전지
발전소 지대에 존재한다.

솔직히 말하면 나보다 나았다. 취재로

불어넣은 현장감은 실로 훌륭했다. 청탁인의 피드백도 다르지 않았다.

전에 쓴 원고들도 영화를 보는 것 같아서 재미있긴 했지만, 요새 쓰는 건 현실을 오묘하게 풍자하는 모큐멘터리를 보는 기분이에요. 단시간에 이렇게 변할 수 있다는 게 놀라워요. 역시 아무나 작가를 하는 게 아닌가 봐요. 특히 수소 발전소의 풍경을 스산하게 묘사한 게 마음에 들어요. 눈을 감아도 그 풍경들이 손에 잡힐 것 같네요.

고용주가 작업실까지 찾아와서 나를 격려했다. 그 무렵 그는 궁지에 몰려 있었다. 검찰 조사를 앞두고 있었던 것이다. 그는 수소 발전소 건립 재추진을 정치적 재기의 원동력으로 삼고 싶어 했다.

다음에는 인간의 마음 기저에 깔린 본질적인 것을 건드려봐요. 심연 깊은 곳에

내재된 근본적인 공포 말이죠. 사실적이고 통계적인 설득력이 있으면 더욱 좋을 것 같아요.

고용주가 주문했다. 자신이 없었다. 근본과 심연이라니. 내 소설을 읽어봤으면 알겠지만, 나는 기껏해야 현실을 뒤튼 블랙코미디를 쓰는 게 다란 말이다. 불현듯 좋은 아이디어가 떠올랐다. 목 디스크가 다 나았지만 꾀병을 부리고 아예 sb에게 괴담을 맡기기로 한 것이다.

6. 론리맨 2

여러분은 무엇 때문에 공포를 느낍니까?

1위: 외로움(29%)

2위: 가난(12%)

3위: 범죄 및 사건 사고(9%)

4위: 시간의 흐름(5%)

5위: 질병(3%)

기타: 천재지변, 가족의 무관심, 대출
만기, 노후 대비

sb는 사비까지 써가며 리서치 업체에
용역을 맡겼다. 통계적인 설득력을 원하던
고용주는 리서치에 매료됐다. 나에게도
이득이었다. 팀장 운운하던 작가 포함, 새로
충원한 작가 다섯 명을 내 밑으로 배치해준
것이다. 나는 졸지에 괴담콘텐츠팀 팀장으로
승진했다.

　감정은 일시적이다. 처음에는 sb가
나를 대체하는 것 같아서 불쾌했는데, 그
마음이 사라지고 난 뒤에는 오로지 편안함만

느껴졌다. 그러고 보니 세상 살기가 각박할 때마다 나를 대신해서 누가 살아줬으면 하는 생각을 하곤 했는데, 지금 그걸 최저시급에 누가 하고 있지 않은가.

여유가 생기니까 불필요한 감정 소비도 멈췄다. 더 이상 서울역 마중과 유치원 등하원에 집착하지 않고 sb에게 전담시켰다. 진진과 나는 혼인신고를 한 이상 법적 부부 관계이며, 주동과 나는 혈육 관계이다. 잔인하게 들릴지 모르겠지만, sb는 생명보험 피보험인으로 올리기에도 무리가 따르는 의미 없는 존재일 뿐이다.

위즈덤하우스에서 홈페이지에 연재할 소설을 청탁한 것도 그 무렵이었다. 매번 바쁘다고 거절하던 소설 청탁을 받고 설레기까지 했으니 시간이 얼마나 남아돌았는지 짐작할 수 있을 것이다.

작업실로 출근해서 소설을 끄적인 뒤 커뮤니티센터 수영장에 다녀오거나 산책을 하고, 저녁에는 한 시간 정도 sb가 취합한 괴담콘텐츠팀 원고를 읽고 수정을 지시하는 게 일과의 전부였다.

얼마나 무료했으면 〈론리맨 2〉의 각본을 쓰기 시작했을까. 이번엔 은행 대출이 아니라 암호화폐 거래소가 주 무대였다. 어둠의 세력과 결탁을 한 CEO의 농간으로 암호화폐 거래소가 붕괴되자 VIP들의 자산을 잃고 좌절하는 여의도 증권맨 민활성. 민활성은 손해를 만회하기 위해 동분서주하다가 세력의 정체에 대해 알게 된다. 세력이 보낸 암살자에게 쫓기던 중 민활성은 회사 지하 서버실로 숨어들고, 우연히 슈퍼컴퓨터 모니터에 띄워진 정체 모를 차트를 보게 된다. 자신도 모르게 차트에 이끌려가는

민활성. 차트에 손을 대는 순간 정신을 잃은
민활성은 온몸에 디지털 코드가 새겨진
사토시맨으로 각성한다. 사토시맨은 블록체인
내부로 들어가 위기에 빠진 지구를 구하려고
하는데……. 나는 초안을 쓴 뒤 등단 경력이
있는 작가를 고용해서 각색을 맡겼다. 조건은
크레디트 불가.

어느 순간 불쑥 가족에게 너무 무심한 게
아닐까, 라는 생각이 들었다. 때마침 진진의
생일이 다가오고 있었다. 금요일 저녁 나는
서프라이즈를 계획했다. 미쉐린 레스토랑을
예약하고 선물도 준비했다. sb에게 오늘
내가 마중 가는 걸 비밀로 해달라고 했더니
sb가 눈을 찡긋하며 꽃다발을 준비하는 게
어떻겠냐고 조언했다.

주동을 카시트에 앉히고 서울역으로
출발했다. 쉽지 않았다. 주동이 아빠가

삼촌보다 운전을 무섭게 한다며 징징거렸기 때문이다. 게다가 금요일 저녁 서울은 얼마나 붐비는지. 진땀을 흘리며 서울역 공영 주차장에 도착하자 주동은 잠이 들어 있었다. 나는 주동을 둘러업고 sb가 챙겨준 거대한 꽃다발까지 품에 안은 채 서울역의 기나긴 계단을 올랐다.

경주발 기차가 도착하고 있었다. 나는 개찰구 앞에서 진진을 기다렸다. 꽃다발을 안기면 어떤 반응을 보일까 설렜다. 그때 진진이 나타났다. 분명 나와 눈이 마주쳤는데, 나를 알아보지 못한 듯 두리번거렸다. 내 팔에 안긴 채 잠이 든 주동을 보고서야 비로소 미소를 띠며 다가왔다.

얼마나 보고 싶었다고.

진진이 주동을 안아 들었다.

나도, 엄마.

어느새 잠에서 깬 주동이 진진에게 안겼다. 대체 얼마 만에 느껴보는 숭고함이란 말인가. 코끝이 찡해졌다. 그 뒤 나와 진진은 인사를 나눴다. 꽃다발을 줬더니 짐도 많은데 뭘 이런 걸 사 왔냐는 타박이 돌아왔다. 우리는 별 대화 없이 주차장으로 내려와 차에 올라탔다. 나만 어색한 건지 진진도 그렇게 느끼는 건지 궁금했지만 생일인데 산통을 깰까 봐 묻지 않았다. 내가 레스토랑을 예약해뒀다고 하자, 진진은 속이 안 좋아서 쉬고 싶다고 했다. 나는 실망했지만 티 내지 않고 집으로 차를 몰았다. 한동안 진진과 주동이 수다를 떨더니 어느 순간 뒷좌석이 조용해졌다. 백미러를 보니 모두 자고 있었다. 한참을 밀리다가 보광동을 지나서 강변북로에 들어서니까 숨이 좀 트였다.

그런데 베이비시터는?

워커힐호텔을 지나쳐 구리암사대교에
들어섰을 때 진진의 목소리가 들렸다.
백미러를 보자 잠에서 깬 진진이 창밖 한강을
내다보고 있었다.

작가의 말

　　고덕동으로 이사를 오고 난 뒤 금전수를 키우기 시작했다. 무서울 정도로 미친듯이 자라서 분갈이를 했더니 벌레가 꼬인다. 검색해보니 응애벌레와 톡토기라는 뭔가 귀여운 이름의 벌레들이라고 한다. 살충제를 살까 하다가 휴지로 눌러 죽이고 있는데 어떤게 더 잔인한 건지는 모르겠다. 요즘 들어 복이 없다는 생각이 자주 든다. 나쁜 버릇 같아서 그 생각이 떠오르면 고개를 흔들어 떠나보낸다. 나는 누구지? 그러는

넌? 글이 써지지 않아 괴로워하다가 올림픽공원-송파둘레길-풍납동-둔촌동을 걷다 보니까 써지기 시작했다. 〈작가의 말〉 대신 〈올림픽공원 주차 할인 꿀팁〉이라는 제목의 긴 에세이를 썼다가 지웠다. 좋지 않은 글을 쓰다가 지웠을 때 비로소 좋은 글이 터져 나온다고 믿는다. 나에게도 그런 경험이 있었나 기억을 더듬어보니 두어 편 있었던 것 같다. 《나의 즐거운 육아 일기》는 난니 모레티의 영화 〈나의 즐거운 일기〉에서 따온 제목이다. 《나의 마지막 장편 소설》이라는 존 파울즈의 에세이이자 내 신인상 당선 소감 제목이 연상됐는데, 라임 같아서 그렇지 뭐 특별한 이유는 없는 것 같다. 소설을 쓰다 보니까 이제 아이를 팔아서 소설을 쓸 수밖에 없는 나이에 이르렀다는 생각이 들었고, 어쩔 수 없다는 생각이 이어서 들었다. 아이는 내

삶의 일부가 돼버렸고, 나는 내 삶을 뒤집고
비틀어 기록할 뿐이다. 난니 모레티가 영화
내내 베스파를 타고 로마 시내를 달리듯,
주동을 유아차에 태우고 고덕 일대를
모험하는 소설을 구상했지만 아쉽게도 그런
대목은 나오지 않는다.

2023년 봄

오한기

— 11

나의 즐거운 육아 일기

초판 1쇄 인쇄 2023년 4월 24일
초판 1쇄 발행 2023년 5월 17일

지은이 오한기
펴낸이 이승현

출판2 본부장 박태근
스토리 독자 팀장 김소연
편집 강소영 곽선희 김해지 이은정 조은혜
디자인 이세호

펴낸곳 ㈜위즈덤하우스 **출판등록** 2000년 5월 23일 제13-1071호
주소 서울특별시 마포구 양화로 19 합정오피스빌딩 17층
전화 02) 2179-5600 **홈페이지** www.wisdomhouse.co.kr

ⓒ 오한기, 2023

ISBN 979-11-6812-711-1 04810
979-11-6812-700-5 (세트)

값 13,000원

· 이 책의 전부 또는 일부 내용을 재사용하려면 반드시 사전에
저작권자와 ㈜위즈덤하우스의 동의를 받아야 합니다.
· 인쇄·제작 및 유통상의 파본 도서는 구입하신 서점에서 바꿔드립니다.